P9-CUK-700

Date: 6/28/19

SP E OOM
Oom, Ana,
No quiero ... dar besitos /

PALM BEACH COUNTY
LIBRARY SYSTEM
3650 Summit Boulevard
West Palm Beach, FL 33406-4198

Puedes consultar nuestro catálogo en www.picarona.net

No quiero... dar besitos
Texto: *Ana Oom*
Ilustraciones: *Raquel Pinheiro*

1.ª edición: junio de 2018

Título original: *Não quero... dar beijinhos*

Traducción: *Manuel Manzano*
Maquetación: *Montse Martín*
Corrección: *Sara Moreno*

© 2018, Zero a Oito. Reservados todos los derechos.
Primera edición en 2018 por Zero a Oito, Edição e Conteúdos, Lda., Portugal
© 2018, Ediciones Obelisco, S. L.
www.edicionesobelisco.com
(Reservados los derechos para la lengua española)

Edita: Picarona, sello infantil de Ediciones Obelisco, S. L.
Collita, 23-25. Pol. Ind. Molí de la Bastida
08191 Rubí - Barcelona
Tel. 93 309 85 25 - Fax 93 309 85 23
E-mail: picarona@picarona.net

ISBN: 978-84-9145-182-2
Depósito Legal: B-9.934-2018

Printed in Portugal

Reservados todos los derechos. Ninguna parte de esta publicación, incluido el diseño
de la cubierta, puede ser reproducida, almacenada, transmitida o utilizada en manera
alguna por ningún medio, ya sea electrónico, químico, mecánico, óptico, de grabación
o electrográfico, sin el previo consentimiento por escrito del editor. Dirígete a CEDRO
(Centro Español de Derechos Reprográficos, www.cedro.org) si necesitas
fotocopiar o escanear algún fragmento de esta obra.

No quiero...
dar besitos

Texto: Ana Oom
Ilustraciones: Raquel Pinheiro

Picarona

Ana era una niña muy **simpática**. Siempre estaba de **buen humor** y toda la gente conocía su sonrisa, que le llenaba la cara.

Ana

En la escuela todos la conocían, y en el recreo siempre estaba rodeada de amigas. Ana era muy risueña y le sonreía a todo el mundo, pero no le gustaba nada dar besitos.

Una tarde, su mamá llevó
a Ana al médico para una consulta
de rutina. Ana entró en el consultorio
toda contenta, saludó a la enfermera
con su habitual sonrisa de oreja a oreja
y se sentó a la espera
de ser llamada.

CONSULTORIO MÉDICO

REVISTA

11

Cuando el médico abrió la puerta
de la consulta y las llamó, y Ana
y su madre se levantaron y fueron hacia él,
la madre saludó al médico y después dijo:
—¡Vamos, Ana, dale un besito al doctor!
En ese momento, Ana bajó la mirada.
Tenía que encontrar la manera de no darle
un besito al médico.

Su madre insistió, pero no consiguió convencerla. De hecho, Ana se mostró **tan obstinada** que el médico dijo:

—¡No se preocupe! ¡Cuando crezca un poco más ya lo entenderá!

La madre se quedó muy **avergonzada**, pero se dio cuenta de que no había nada que hacer.

Unos días después, Ana y su madre iban por la calle y se encontraron a una amiga. Ana la **saludó** con una sonrisa y su madre le pidió que le diera un besito. Sin embargo, no lo consiguió. La hija **se escondió** detrás de la madre.

Ese día, la madre aprovechó para **explicarle** a su hija:

—¡Dar un besito no hace daño a nadie! Sólo demuestra que somos simpáticas y que **apreciamos** a las demás personas…

No obstante, ni siquiera así Ana cambió de opinión. No le gustaba nada dar besitos. ¡Fuese quien fuese!

19

El día del cumpleaños de la abuela, Ana corrió a la puerta cuando sonó el **timbre**. Su madre abrió y Ana gritó muy contenta:

—¡Felicidades, abuela! ¡Que cumplas muchos más!

—¡Ven aquí y dame un abrazo y un besito!

21

Pero Ana se fue corriendo
y se escondió detrás de las cortinas
de la sala, y ni la insistencia de la madre
hizo que cambiara de idea. De nuevo,
nada de besitos.

Poco rato después sonó el timbre otra vez.
La madre abrió y gritó:

—¡Ana, ha llegado Pedrito!

23

Pedrito es el primo preferido de Ana.
Tiene casi dos años y ella adora jugar
con él. En ese momento, Ana no lo dudó…
Fue en dirección a la puerta y dio un enorme
abrazo a su primo. Pero cuando le pidió
que le diera un besito, él empezó a empujarla.

—¡No! ¡Besitos no!

Pero Ana seguía abrazándolo y quería darle
besitos, pero él repetía:

—¡No! ¡No! ¡No!

La madre aprovechó la oportunidad y le dijo a Ana:

—¿Ves como al final también a ti te gusta que te den besitos?

A partir de ese momento, Ana **se dio cuenta** de que dar un besito a alguien era una **manera cariñosa** de decirles a los otros que los apreciamos.

27

Por eso, corrió hacia la abuela,
la abrazó, le dio un enorme beso
y le dijo:

—¡Felicidades, abuela!

Todos aplaudieron y la abuela se puso
tan contenta que exclamó radiante:

—¡Este besito ha sido el mejor
regalo de cumpleaños
que me han hecho!

29